COUDRIN– l'enfant noir

Le code de la propriété intellectuelle n'autorisant aux termes des paragraphes 2 et 3 de l'article L.122-5, d'une part, que les copies ou reproductions strictement réservées à l'usage privé du copiste et non destinées à une utilisation collective et, d'autre part, sous réserve du nom de l'auteur et de la source, que les analyses et les courtes citations justifiées par le caractère critique, polémique, pédagogique, scientifique ou d'information, toute représentation ou reproduction intégrale ou partielle, faite sans le consentement de l'auteur ou de ses ayants droit ou ayants cause, est illicite (article L.122-4). Cette représentation ou reproduction, par quelque procédé que ce soit, constituerait donc une contrefaçon sanctionnée par les articles L.335-2 et suivants du Code de la propriété intellectuelle.

MISE EN GARDE

FAMILLE PALAUD 1

les livres de la collectiON
ENFANT NOIR peuve contenir

des scène de violence physiques
moral et séxuelles
nous rappellon
au lecteur et lectrice que
cette collection et destiné

a 1 public majeur et responsable
la marque
ENFANT NOIR et pas
tenu responsable de vaux

achat et ne peut en
aucun cas être poursuivie

chapitre 1 gris angoissant et interrogatoire du survivant

(Dans le village de moine-vert)

Sebastien Palaud et bastien Palaud,
une nuit on entendit un cris suspecte et
tous le village a la vert la porte sud-est
du village et la les villageois son pétrifié
de peur,LES gendarmes demande à tous
les villageois d'aller dans l'église on s
occupe de transporte le HEIN il y a
quelqu' un je vais voir TIM tu reste avec
LOLAS HOOOOO nom de dieux va chercher
messieurs le maire et le médecin de ville
vite NON les jeunes reste à distance
laisse ce cadavre aussie on n'a beaucours
plus de travaille que prévus MR le maire
nom d' un chien sa recommence comme
ils ya 17 ans A L' EPOQUE c'etait
ENVOYÉ ce code dans tous les
villages et ville au alentours MR le maire a
l'intérieur de la maison abandonnée c' est bien
pire encore montré nous Reculé il ya 1 survivant
allé chercher mr PALAUD bastien ET MR
PALAUD

sebastien vite bon sang ils parle 1 ancien
dialecte infirmier emmenez ce patient
dans mon cabinet il faut absolument que je
le maintienne en vie DR VANNEAUX allée
ci traduisez il était le seul survivant dr il est
mort il ne respire pas regard BASTIEN
wouha impossible mais pas français il
respire mais pas comme nous c' est as
intermittence dr avec vous de l insuline OUI fait de
lui 1
ingestion tous les 4 jours uniquement vien
BASTIEN ooo je prend son pendentif au moin
je pourrais savoir de quelle région ils vien
et peut-être retrouvé ces parent MAIS ce
médaillon et cassé.Facilement réparable
A demain messieurs BASTIEN demain
TU reste à l' auberge ils faut que je m'occupe
de cette affaire en paire impaire ils faut qu'on
soit absolument bien organisé on va avoir
pas mal de dossier a ressortire BONNE NUIT
grand-frère.LENDEMAIN grand-frère debout
tu va etre en retard.JE fonce met ton uniforme
OUI-oui a tout à l' heure.MON capitaine parfait
voilà votre bureaux voici tous les document en
notre possession PALAUD ça remonte à l'époque
de ton arrière-grand-père pendant la seconde

guerre mondial les photos sont assez choquant t je te laisse LISE ta coéquipier jusqu'à la semaine prochaine ENCHANTÉ moi de même je vous laisse observe les photos je vais interroge le survivant ci vous obtenez ou trouve des chose suspecte sur les document ou photo prenez des notes a tous ta l' heures DR il refuse de manger Permette avec jois bonjour ecoute je comprend tout ce que tu dit tu peux parler rien ne sortira de cette pieces même pas ton prénom tu risque rien mais j' ai besoin d'info j' ai toutes la semaine prend ton temps mais dépêche toi tu dois au moin mange l' entrée je sais c est pas très appétissant mais ta pas vraiment le choix je prend mon bloc-note va si je t'écoute

4 heures plus tard

A demain reste tranquille ALLOR pas grand-chose il a mangé tous voila le plateaux SE soir tu peu venir c' est besoin d'aide on manque de bras ok mais demain soir ce sera BASTIEN on s' occupe en même temps de notre auberge VOUS devriez fermé

J' aimais mes oncle n'avait pas de notion d'agent mais moi et mon frère on sait bien gérer notre budget la preuve j' ai en personne remboursé avec mon p'tit Héritages tous les peno du coin alor DR vanneaux A tous ta l'heure à 18h.

chapitre 2 couvre-feu.paperasse et inondation

VOTRE attention le gouverneur vient de déclarer le couvre-feux tous personne non fonctionnaires devra être chez lui avant 15h ou les cellules de détention seront pleines les gens ne font pas écouté se couvre-feux on par tous droits au massacre STOP continué le taf on accumulé pas mal de taf en retard avec ce manque de personnelles bonne soirée HOO bastien dur soirée OUI à cause du couvre-feux ils font nous mettre sur la paille avec leurs saletés de couvre-feux les gens sont cruellement insupportable je te plaint pour demain bonne nuit.9 heures plus tard BASTIEN debout tu va étre en retard ok mercie tien voila la listes des commande et des retard de livraison on va recevoir 7 remboursement ok a ce soir ou a demain OUF le voilà partie mon dieux je le plains allé 5 heures de ménage complet et merde les boites au lettres voyon voir boîtes au lettre 1 ou qu' elle gro tas beaucoup de publicité hop dans le sac à tri voyant la 2 boîte au lettre pfiou quelle merdier allé discrétion le ménage.OU la ya beaucoup d eaux encore des peno qui on mis des bouteilles de verre dans la riviéres allé ce soir je vais me regalé et merde couvre-feux tans pis je ferme l' auberge à 14h de toutes façons vu le peu d habitué qui reste sa ne va pas dérangé beaucoup de monde pourvu que BASTIEN sans sort avec les papiers et les photos je le plains je me demande ci la mairie a remis des conteneurs a verres au niveau de la place du marché. Pendant ce temps au poste de police ET merde que ce pass t'ils d'apres les rapports d' autopsie les victimes ne survivre que 4 jours après avoir été attaqué Mais ce rapport date de 25 ans la médecine a beaucoup évolué et en vie un peu plus longtemps PAS faut bon je vais voir si je peu trouvé 1 rapport plus recent MAX a tu 1 rapport plus récent dans toutes ces archives je pense pas mais je vais voir à ils y en a 1 et voila pas contre c est écrit en tout petit OOOOOOOOO je vais galérer a lire mercie MAX je te le ramène plus tard PLOUF a l'époque ils savaient très bien écrire malgrés leurs manque de moyen BON j'ai rien qui puisse m'aider j'espère que Sebastien pourra m'aide et je dois MERDE déja a demain LISE putain fait chiéz putain de couvre-feux j'espère A encore 1 inondation attend grand-frère ou la la OUI ils y en a pas mal Comme d habitude toujours plus et encore plus tien 2 sac mercie suis sur qu'ils ya pleins d'urine la dans m en parle pas OH LA LES PALAUD encore inondé comme tous les fin de mois même cauchemar on prend le coup de main a force a plus .Allé vien on va prendre 1 dourche bonne idée tu te souviens quand on avait 6 ans de moins que la bonne époque .

chapitre 3 huissier et réapparition

TOC TOC merde merde OUI huissier de justice pardon je vien procédé à l' inventaire de votre établissement

ok PARDON monsieur tient Seb les
fiches de payes et les chèques pour
toi et Bastien MR huissier voila
ma 1 payes grace a sa tous les frais
son payés Madame le juges voila
ma 2 payes MR PALAUD votre chiffre
d' affaires a encore diminué je
sais que vous portez 1 très lourd
héritage 1 jours je ne pourrais plus
rien faire Maitres huissier on
repart Madame le juge notre tutelle
fous volontairement sa merde
j'ai bientôt 16 ans JE vous arrête
j ai.A 18 ans que vous récupére
le contrôle de toutes vaux compte
pas avant je vais envoyés 1 demande
de tutelle pour que tous les prélévement
oys automatique à partir de maintenant
et change votre tutelle a partir du mois
prochain vous et votre frère sera sous
tutelle simple pas contre continué les
fiches de sortie et rentrée d' argent Voila
la convocation pour le changement de tutelle
je sais c' est insupportable je comprend votre
situation.lendemain matin LES PALAUD venez
vite Que se pass t'ils mais venez non de

dieux c'est incompréhensible ils sont apparue
comme pas magie je vous assure ils
etais pas là venez bon on vous suis Allée
voyez par vous méme NOM de dieux
mais comment et t'ils possible PAPA
MAMAN je vous assure ils son
apparue comme ils avaient disparu ils
y a 8 ans Le dr arrive pour confirmer
que c'est bien eux Messieurs très bien
suivez moi MR Madame vien bastien
on na des papiers a faires j' arrive tu
pense que c' est eux on verra bien
mais je ne pense pas ils faut que je
farce la peinture de l'étage 4 motivé
motivé je vais passé l aspirateurs
ok allée vien la mon beaux pots de
peinture violette et le verts aussie plou

f (2 heures plus tard)

bonjour Madame GAFFE
je vien d' apprendre que
madame le juge vous change
de tutelle je ne saurais plus
votre tutelle oui j' ai commis des
fautes de frappe sur les dernièr

virement mais j' assume et je respecte
la décision de ton grand-frère il
et dans le coin IL refait les peinture
tu 4 étage il ne peut vous recevoir
aujourd'hui Bien tenez avec 1 remboursement
je lui devais cette somme adieux je
suis muté dans les côtes-armor aurevoir Merci
de votre visite SEB oui tien je met
ça sur ton bureaux 1 remboursement
rien d' autres pour aujourd'hui
DRING DRING allo A dr oui on
arrive oui dr a tout de suite Bastien
on va J'arrive j'espère que c 'est
1 erreux moi aussie Hello dr Tenez
la somme pour les retard Remercie
Mr Palaud et Madame LE RET je
vous présente vaux 2 garçons
Bastien et Sébastien Palaud mais
avant de vous libérer mr Palaud
voilà vaux nouvelle lunette A oui
ça va beaucoup mieux en effet.

chapitre 4 cache-cache

Je les gardes en observation 48 heures
mercie papa maman on revient

vous récupéré après-demain DR a plus
ok je pense savoir ou les installer
dans notre salle de réunion excellent
idée ils font péter 1 cable surtout
en rentrant hum on va passé
1 semaine chargée MERDE ya
1 problème oui on na pas
changé les draps de leurs
lit depuis leurs disparition
j en ai commandé mais j ai jamais
réussit à les changer moi même
Allez je fonce les changé te laisse
la salle de reunion ok Messieurs
Palaud le dr a besoin de votre
aide le survivant c'est enfuis tous
les gendarme le recherche Merde
ils faut que ce soit 1 de nous 2 qui
dois l'attrappé il risque de faires
1 connerie.Je vais dans la forets
je vais dans les champs de blés
a tous ta l'heure ou a demain

(PENDANT ce temps chez le dr vanneaux)

CHUT reste dans ce placard tu va avoir
1 maison bientôt Je pense que nos

garçons font nous faires 1 rappelle
a l'autre Mais non ils font devoir
qu'ont prendre qu'on a deja rencontre
ce garçon OUI je me souvien de lui i
l étais la a chaque fois quant.NO ravisseux
faisait des expérience sur nous
ATTEND on n'a vu aussie qu'il
était victime aussie il y avait
d' autre enfants ils a peut-être des info
il était prisonnier comme nous il dois
savoir des chose sur nos ravisseur il
a commis des atrocité il était sous l emprise
des ravisseur tu ne peu rien quant il
son les moyen de nous faire mal sans
nous touchés comment tu l explique
J en sais rien.Sa suffit Bastien insiste
c 'est toi qui le planque dans ce placard
hop dans mes bras DR VANNEAUX je vien
vous récupére mes parent et ce voyous
caché dans le placard à balais allé on
niva SEB nous attend et cette fois je
t attache a moi tu vois on appelle sa
des ceinture corporelle très efficace pour
les p tit garçon qui n'obéit pas au adultes
Allés HUM Attend je prend le sac de
course vois de la peinture vert et jaune

excellent choix j' adore ces couleurs
on HOO excellent entretien Attention
la peinture et fraîche tient a ta réussie
a l attrapé planqué dans 1 placard il
et fort maintenant il reste attaché à
moi aucun chance de d enfuire Allé
direction la dourche et l'uniforme d'ecole

(5 heures plus tard)

Allez à table Wouah je savais
que cette uniforme allé reservire
allez assieds toi là sur la tabouré
tu prince lasagne epinard vaux assiette
DIT moi qui fait tout ça je veux dire
entretenir cette auberge ne dois
pas être facile toutes l' année vous
en avez pas ras-bol parfois
SI mais on n'a pas d 'autre choix
il y a pas beaucours de travailler
dans cette région et en plus on
connais vite tout le monde ici
ET nous on faisait quoi Maman
toi tu étais à la facturation ET
papa toi tu réparé beaucours les
machine et les meuble jusqu'à

nos 8 ans Moi a 7 ans a la mort
de jean-luc PALAUD ton 2ème
frère d'une ampoule pulmonaire
à 59 ans provoque pas son addiction
à la cigarette électrique et au tabac
et 5 Avant sa été à daniel PALAUD
de décédé les poumon on lâché
sur le chemin du port mort
cérébral 48 h aprés ta pété 1
cable quand tes rentré dans
son mobil-home à l'époque tu
a commandé 3 berne et ta tout
jeté en 3 quart d'heures seuils
2 photo on survécu c'est tout OK
je crois que j' aurais pu écrire
avant je ne me souvien pas de tous ces détails
Qui en veux encore OH tu cal
p'tit prince tu peu laissé c'est pas grave.

chapitre 5 lumière vert et vérité

Bastien léve toi que se pass merde
il lui arrive quoi pas la moindre idée
STOP ne le touche pas nout savon
ce qui lui arrive on s'occupe de lui
allé chercher de l'eau sa va allée

d'accord il est brûlant voilà l'eau
pose la sur la table sortez allé préparé
les chambre double on s' occupe de
loulou OUI papa on fait quoi j' en sais
rien absolument

t(Dans la chambre)

Putain il a tu mal a respiré son corps
commence à perdre pas mal de muscle
je vais devoir y mettre les mais Vessie
je le tient serré HA HA HA HA HA HA
sa yé hein il devrait mieux se sentir
MAMAN MAMAN il faut qu'on leurs a
vous tous NON pas encore il le sauront
bien assez tôt que nous somme tous
les 3 des copie ci on leurs dit la vérité
ils vont nous tuer fais moi confiance
comme ils ya 5 mois quand je t ai sortie
de cette machine JE m'en souvien

Lendemain

Les garçons nous ne somme pas vaux
vrais parent Mais STOP nous
somme des clones ont à certains

souvenire et des flashback tous les 3 avon été enlevé pas des hommos somme c'est le prénom de leurs espèce on sais que ça peut vous paraître bizarre comme explication on n'a conscience que sa VOUS abusé de notre confiance mais on comprend On n'a ment aussie.Moin d'une semaines avant votre réapparition on a u la visite d'un huissier coup de chance nox fiches de payes son d'arriver inextremiste et on sauve l'auberge on et sous tutelle renforcé jusqu'à notre présentation avec le juge qui s'occupe de notre dossier peu importe que vous soyez nos vrais parent ou des clones ont a besoin de vous on souhaite partir en formation et changé de métier on doit rassembler 75.000 euros pour protéger l' auberge de toutes faillites ou rachat mais si vous pouvez nous remplacer alors on accepte de garder votre secret a vous 3 donnant donnant marchés conclu OUI ou OK sa marche mais je ne sais pas faire la cuisine AUCUN problème.

chapitre 6 décision du juge et achat d'un hotel

BONSOIR messieur Palaud après-délibéré
qui a duré toutes la journée la demande
de mise sous tutelle allégué et REJETTE pas
le tribunal je vous présente MR PICOT
votre nouveaux tuteur renforcé jusqu'au
17 ANS de sébastien Palaud ici présent
je vous laisse faire connaissance a
plus tard JE vous emmène visiter l'auberge
et les futur travaux qui font commencé dans
3 mois.bonjour et ce que cette hotel a vendre
et toujour disponible Bonjour oui il est disponible
je vous propose de le visiter AVEC
plaisir aujourd'hui c'est possible allon ci
il se trouve à 25 minutes à pied et voilà
l'hôtel tous et à remettre en état mais IL et
super bien placé loin de tout bruit et
des probléme du centre-ville pour
les travaux je pense que j'offre iL
et à 45.555 euros voila mon offre
39.655 euros et je bloque la vente
de cette hotel voila les photocopie
et le notaire a constaté pour la procédure
j'envois le reste a ma conseillère
bancaire qui s'occupe de tous

les papiers je vous dis à la semaine
prochaine pour la conclusion

(1 semaine plus tard)

MR PALAUD bonne nouvelle tous
votre dossier et passé vous être
officiellement propriétaire de votre
nouvelle hôtel 2 étoile j'espère
que vous arriverez à le retable OUI
je vais enfin pour vous embauché
surtout je manque de bras
pour maintenir mon auberge
pleins et propre bon allée je
fonce voila pour vous et votre
équipe allés a plus OUF OUI
bastien j arrive pour m'occuper
des tâches au sous-sol et des
reserve MR PICOT comment
ça va mercie pour le dossier d'achat
de l'hôtel J'ESPÈRE que ça marchera
sinon 6 mois sans revenu a fin de
comblé le trou OUI je prie pour que
sa marche a plus et MERDE je me
suis fait avoir il a raison au moin il
et au net.Me voila c'est bon je prend

les papiers et les courriers Parfait je m'occupe du ménage et des nombreuse toile d'araignée qui me marque et hop hop PLOUF encore de la poussière.

CHAPITRE 7 11 ans après avoir quitté portivy

Bonjour BASTIEN HOP LUCAS TITOUAN sa fait 1 bail 11 ans ont a pris 1 coup de vieux on vient postule pour les s'annonce aucun problème je prend vaux cv et lettre de motivation mercie je vous envois 1 mails pour la réponse au revoir

.(2 jours plus tard)

STÉPHANIE YANNE la vache vous avec pris 1 coup de vieux ne me dit pas que vous portul CI je prend note comment vous faite pour rester jeunes faudra que vous me donniez la recette je prend vaux lettre et cv je vous recontacte au plus tard

(2 jours plus tard)

Sébastien oui wouah ah oui effectivement quelle bonne surprise mes ancien voisin parfait Vous avec tous OUI Bastien tu ne leurs donne pas les boulot trop difficile ok ils reste a l'auberge L'équipe trio C EST bon on na les nouveaux qui son arrivée Allés dans l' autre bâtiment remercie Messieurs Madame on vous laisse la maison.BONSOIR excusez nous on vient pour postu IL Ya plus de poste on et complète au maximum peut être le mois prochain c est pas sur on ét en travaux intense REPasse le mois prochain OK au mois prochain QU'elle bordel cette saiso n PLOUF vivement que MR PICOT revienne de vacance pour débloquer les ressources supplémentaire PATRON j' arrive j' arrive BONSOIR contrôle bougé pas voilà les papiers embauchez-vous des clandestin MR non aucun clandestin berk rien d'en parler ils ya 3 stagiaire en stage rémunéré d'ailleurs voilà leurs papiers qui sont arrivé ils ya 5 jours vous jures les stagiaires

toujour a pedre les papiers identité
NON pas d'étrange ici on est sérieux
a cent/pourcent OK tous et en réglés
il et marque des primes pour la fin
de ce mois a tous les saisonnière
OUI j'ai 4 saisonnière pour le mois
de juin juillet AOÛT non c'est
fermeture pour travaux importants.

chapitre 8 TUTEUR RETOUR et
FERMETURE pour travaux

MR PICOT bonjour voila les résultat
des chiffre d'affaire avril.mai.juin et
juillet 2002 et les crédit fini de rembourser
intégralement insist que les fin de contrat
et annulation pour corruption VOUS
aussie oui 1 de nos fournisseurs en
boisson il a joué avec nous et ont à
gagner il a perdu pour les travaux
ont a bien avancé et on finit le 1 étage
insist 1 partir du toit je vous laisse ils
faut que j'aille remplacé mon p'tit BASTIEN
MR PICOT par ici je vous pris ye du monde
oui ont a du recruter des saisonnier en
urgence bien entendu on ne se verse

plus de salaires en contrepartie
depuis la lleves de couvre-feux on n'arrête pas d'avoire des réservation on na pas 1 minutes de répéter même le téléphone n'arrête pas de sonné surtout aujourd'hui PLOUF je vois bon heureusement que vous prenez des décision de fous si tous ceux qui sont sous ma tutelle pourrais prendre des décision comme les vôtres.monsieur madame voilà vauc fiche de payes et les semaines ou l'auberge et fermé pour les travaux prioritaire on vous souhaite bonne vacance et on se retrouve en septembre avec les nouvelles équipe et le nouveaux hotel en septembre FLOUF on va avoire tu mal OUI mais ya pas le choix hélas vivement qu'on finisse les travaux des 2 étage surtout du toit on devrait dire au jeunes stagiaire de partir aussie en vacance allon ci LES gars STOPS c'est l'heures des vacance tous dans le caravane discrétion la mer et aussie la montagne pour 3 semaines pour vous nous on revient ce soir et on reprend tous les travaux

ALLÉE ALLÉE ET nous voilà arrivée
dans le chalet on vous laisse pendant
3 semaines voilà l'enveloppe avec 400 euros
en liquide Ciao bon on arrive dans 2 heures
oui mais on n'a enfin la paix va y avoir
du bruit et des disputes fortement mais
on va pouvoir reprendre 1 peu notre activité
principal

(2 HEURES PLUS TARD)

je fonce au 2ème étage finir
les peinture je prend le 1 étage pour
l'installation des meuble et
des draps OU la la j' avais
oublié qu'ils y en avait autant de
draps et de meubles ou c est
lourd les petit d'abord j'irais plus
vite et MERDE j ai pas mie de
l'eau par terre pas étonnant que j'avance
pas je pose du carrelage et je ne mouille pas le
carrelage pour installer les meublée plus
rapidement tant pis pour les traps on verra demain
allée mert toi la toi vien ici le grand
sommier et le mini-sommier vient la bon la
commode

vien ici c'est vraiment plus simple
quand le carrelage et mouillé je plain BASTIEN ils a que
du plancher quelle horreuc rien ne vau
x tu carrelage qui glisse super bien.Allée Bastien on
va pas y rester toutes la matinée la ont
a besoin de place ils faut qu'on finir ce morceaux
de toit avant OK OK je monte dessus mais
demain c'est toi qui va sur le toit OK je te pass
les tuile fabriqué à tuile J'espère que c'est
de la qualité franchement au prix ou je l ai ai payés
89.999 euros avec transport intégrés
Mercie du détail mais on risque de manquer
de clic J'avais prévu plus au cas ou sympa
mais dit moi sa fait longtemps qu'on ne sait
pas fait 1 jeu vidéo 1 éternité surtout que
j' ai investi dans des raspberry pie 3 et dans
1 raspberry pie 4 et 1 raspberry pie 400 avant
que je retire nos salaire pour la 9 fois consécutive
OUI j' ai remarqué que t' avais enfin arrêté
les consoles avec jeu anglais et chinois incorporé
dans la consoles mais j'avous les 2 fausse xbox
étais avec des jeux de bonne qualité insist que
la fausse game boys advance et la collection

des fausse game boys .HE ta oublié les consoles en forme de manettes les ps1 les super nintendo les nes et la fausse switch et la mini consoles portable en forme de gameboy advance 1 génération
A oui 1 vrais collection HEIN je t avais dit ils y a qu'elle que année de ne prendre que des raspberry
pie 3 OUI mais ils y'avait pas la mise à jour 7 celle qui inclut les jeux avec toutes les manette wii même les copie d'aliexpress.

chapitre 9 achat équipement et lettre mystère

SEB je vais acheter des équipement et des balais il ya plus aucun balais en vie tout son hs insict que les serpillière et les pelles j'espère aussie trouve des serviette de table des nappes et des coussin de chaise Bastien arrete de parler dans le vide et va acheté ce putain de matérielle sa fait 5 minutes que tu radote OUF le voilà enfin partie je ne comprend pas son comportement en ce moment serais l'anniversair du d'ailleurs on ne connaît toujours pas

son prénom à notre invité il est arrivé
2 semaines avant nos parent il faut que
BIEN sur les archive de l'auberge mon
ancien bureaux WOUHA faut vraiment
que je fasse du tri dans ce bureaux

(PENDANT CE TEMPS)

mr PALAUD oui excusez moi mais
je n' arrive a comprendre votre frère
écrit 2002 ici et là 2012 A oui il a
u 2 accident ils ya quelque année
et je ne comprend pas non plus il fait
sa aussie sur des retard de paiement
vous pouvez refaires les OUI bien sur
merci à plus. 3 jours plus tard SEB
SEB SEB mais il et WOUHA PAF
sa va pas non tien 4 lettre avec
des nom de famille avéc notre
adresse ça veut dire quoi OU
la c'est quoi ces nom de famille
long très long bref on n'ouvre
tien ces 2 là et mois les 2 autres
Génial du latin moi c est pas
mieux de l allemand on va a
la bibliothèque cherches 1 traducteur

on na internet a OUI c est vrais
je vais dans mon ancien bureaux
mon dieux bon sac poubelle vien
la allor tous ce tas de merde allés toi
la bas aussie et toi au milieu DRIG 1 SAC

(25 minutes plus tard)

Voila c est mieux j ai enfin
accès à l'ordinateur bon
tout ça dans le sac la
fenêtre ouvre-toi les volets
ouvré-vous voilà enfin 1 peu
de lumière reste à savoir
ci tu va d'allumé l'ordi HHH
oui il fonction toujour mais ils
faut vraiment que je le change
il est super vieux si tu rend l'âme
je suis dans la merde ok ta 6 ans je sais ok.

chapitre 10 nouvelle équipement informatique

Bon voyon voir d' abord je commande 1
pc avec lity shop comme ça
je récupére de la thune merde
j ai oublié que seuil ebay extra

me permet de récupérer de la
thune bon ya t'il 1 pc pas trop
chére SEB j ai fini de traduit
les 2 lettre rien d'intéressant a
part 16 décès il ya rien d'autres
je vien de finir la première lettre
rien qui vaut le coup la 2 pas contre
intéressant je vien d'apprendre qu'on a
13 ONGLE et TANTE germain rapproché
s normalmente il était 17 ya
4 décès 2 pas cancer 1 c'est pend
u l'autre 1 véhicule non identifié AVEC
sa hum rien de concluant BON on
va chérches les vacancier o merde
j' ai oublié que certains aujourd'hui
ils font pas étre content de rentrer
mais on n'a besoin d'eux là ça urge
Oui on na beaucours de retard dans
le grenier de l' auberge et celles de
l'hôtel ils font encore rale mais la on
na pas le choix ils nous reste que
3 jours toujours dans l'urgence comme
d'habitude on adore sa allor on en
profite avant d' avoir la quarantaine
et puis a quarante ans on va être pire
que maintenant allés ont a 2 heures

de route j'espère qu'ils ont bien géré
le budget on dois tenir jusqu'au prochaine
vacance avec ce qui reste sur les
comptes courant heureusement
qu'ils y en a 4 ci non on serait
dans la merde noir integralmment
avec tous les crédit remboursé
on n'a même pas les moyen d'acheter
des vehicule neuf oui mais on pass
notre vie dans l'auberge et l'hôtel dont
on tient bon surtout que on dois maintenant
rembourser les frais d'emprunt normal
bref Oui passez à autre chose je
suis nul en math
et en calcul rapide et moi je suis nul
en division et en multiplication mes pires
ennemies .

chapitre 11 LIBÉRATION

Monsieur PALAUD bonne nouvelle
la tutelle de Sébastien Palaud prend
fin demain a18h et mr Sébastien Palaud
devient pas la suite le tuteur de
mr Bastien Palaud jusqu'à l'âge de 18 ans
concernant Bastien Palaud c'est tout

pour les info mercie a tous et
adieux.Bon les gars il et 18 h 15
tous le monde à l'hôtel les saisonnier
ont il été rémunéré ILS sont tous
partie déjà ils font 1 travaille
formidable surtout quand ils
son partie impossible de les
arrêté ils font plus vite que
nous méme si on se lève
a 4 heures du matin ils font
tellement vite ILS sont quoi
LEURS parent PROFESSEURS
ah ah effectivement
quand ils sont partie ils sont
impossible à arrêter même
après plus de 5 heures d'affilés
Bon et comment s'appelle notre
amie DIALECTE IL c'est toujours
pas présentés ON le sait nous
A ils rougie human bon ce soir
on le saura pas tant pie on
le saura plus tard mais dit-moi
puisque on ne sais pas ton
prénom ALOR ce cadeaux
et ton pour toi ca vient de nous
4 Pour la couleurs c'est

madame LE ret sauf si tu
connais son prénom hum hum
aaahh pas ces quoi cette
comédie MAMAME MAMAME MAMAME
chut ça veut dir quoi MAMAN en breton
il est breton ancien langue il ne parle
pas le français de maintenant
simplement qu'elle que mort il
ne pas que l' ancien breton
celuis qui pratiqué pas de
très peu de personne aujourd'hui
Langue morte mais le problème
c'est qu'il et inaphabétique pour
tous ceux qui et administrative
il aura besoin d'une aide permanent

(3 JOURS PLUS TARD)

Bastien c'est a toi de l'aider à faires
ces devoir cette semaine je
m'occupe de l'auberge et des
travaux de l'hôtel surtout la
nuits et l'après-midi Allée a tous
ta l'heures Bon aujourd'hui Tu
va apprendre à t'habiller avec des
vieux vêtement plus sombre et

plus à la mode ok tien le scalpel
et les ciseaux non avant ils faut
prendre des mesure regarde avec
le mètre ruban et les marqueur tien
ne bouge pas a OUI et on va réparé
ces vieux matos de surveillance
a l'époque c'était les gardien des
camp de détention pour mineurs
âgés entre 5 et 19 ans trés efficace
pour l'époque dommage que ce net
plus d'actualité.HEU les gars il
s faudrait allés acheter de la javel
on vient de finir les dernier bidon
BI AY sa fait longtemps qu'ils en
avais pas fait des crise d'épilepsie violen
cette crise il va se fait opérer dans 3 ans
pour ce fait enlevé cette d'humeur elle
et placé à 1 endroit difficile d'accès SA
va goûté combien BIEN 55.999 euros sa
fait 3 ans que je bloque de l'argent de côté
ils l'ont découverte après la disparition
de maman Je vois ILS ya u 1 lumières
blanche ya 4 jours dans sa chambre
j 'avais l'impression d'avoir déjà ressentie
cette lumière blanche.

(3 heures plus tard)

Allée encore du wd40 j'espère que maman
a commencé le traitement contre la rouille
et les trace de rouille

(PENDANT CE TEMPS LÀ À L'HÔTEL)

allés encore 1 porte rouillé heureusement
ils me reste encore 4 bombe de
wd40 a oui Tien maman 1 brosse
a dent électrique et des brossé
métallique je vais m'occuper des
porte de salle de bain ok on
mange quoi ce soir des pizza et
des frites ET les saisonnière on
ne les vois plus Normal c'était
pour 2 mois ils avaient besoin
de thune pour effacer leur crédits
ils ont beaucoups de problème avec les imports
sa
depuis qu'ils on mis les prélévement
a la source ya beaucoups de monde qui son
dans la merde et l'étas qui continu
de sortir des conneries. Bon alor
les gars je vien de ramener

des bouteille de peinture j' en
ai pris 10 ils y'avais des promotion
et des pinceaux et
des papiers ponce je fonce
à la lingerie a plus Papa tu ne prend pas tous
demande à
dialecte de prendre 1 partie
OUI j 'ai retrouvé ces chose la Ou
la des pendentif les futur clients
vont être content discrétion le lavage.
Bon il faut qu'on aille chercher des
produit de désinfection on rentre a 19h a
peu près Mais non on n'y va bon j'espère qu'ils
vont arriver à rester tranquille surtout
jusqu'à 14 h ils vont être furieux.

chapitre 12 décédé et INCENDIE A LA MORGUE

mr PALAUD j'ai le regret de vous informer
que votre frère est décédé des suite
d'une complication je vous présente toutes
mes plus sincère condoléance il avait laissé
sa dans sa chambre juste avant de partir au
bloc je peu lui dit au revoir OUI son corps va
être à la morgue pendant 3 jours le temps de
vous laissé faire les papiers il est en mort cérébral

c'est a vous de prendre la décision de le
débranché ou pas Laissez moi aller HUM
bastien HUM HUM papa ou maman Allée
fonction OUI maman vien vite Bastien et
mort vais pété 1 câbles on arrive CHÉRIE
je suis sincèrement désolée messieurs dames
mais on ferme l'auberge pendant 3 jours insict
que l'hôtel va cherchés DIALECTE on na rdv
TOC TOC PIERRICK oui tu peut nous remplacer
pour 5 jours BASTIEN et décédé MERDE je vous
remplace MYRLAINES il sent et pas sortie JIM
bastien et mort on dois absolument s'occuper
de Sébastien allon ci Non DIALECTE je te
changerais
1 fois à l'hôpital.

(11 HEURES PLUS TARD

)Wouha mais il c'est passé quoi ici
Bonne question le corps de votre frère
a disparu on cherche l'origine de l'incendie
génial D'abord mort cérébral ensuite
certe incendie tout va de traverser cette
semaine et en plus je ne peu même
pas travaillé Bon mercie dr.MAMAN PAPA
son corps a probablement été détruit

dans l'incendie il font 1 enquéte pour s'avoir tous l'incendie et partie ça risque de prendre beaucoup plus de temps pour le deuil Bon je vais m'occuper de DIALECTE il faut que j'arrive a lui faire comprendre J ai réussie a lui fait comprendre il et aussie tourchés pas sa disparition et j'ai aussie découvert son agés il a 4 ans et parle le breton et le latin ces parent étais prêtre et bonne soeurs Parfait allée on rentre ils faut que j'aille rangé les affaires de Bastien dans le grenier.

chapitre 13 LE RET

Bonjour Sebastien mes condoléance les plus sincère pour Bastien HUM il ta fallu 3 semaines pour venir me dire sa TU ne ma pas prévenu tu n'a jamais été présent pendant tout mon enfance ni même pour Bastien tu a désserté ton role de tante certe tu et la soeurs de mamame mais rien ne te permet de revenir dans ma vie et puis c'est pas la peine TA colère et purement

justifié mais sache 1 chose je
n'ai aucun regrets je suis
passée au revoir HUM HUM
bon les papiers ne font pas
ce faires tous seuils j'aurais
aime qu'elle ne passe pas
ils ya vraiment des gens
commet elle PUTAIN de famille PLOUF.

chapitre 14 disparition devant les PARENT ET DEVANT DIALECTE

Bon les ga GRHUM O on connait
cette lumiéres ça recommence
mais que veulent ils à Sébastien

(PARFAIT le téléporteurs a fonctionné
il et bien assommé OUI commencé
le a le prépa.BAF BAF Putain je suis
ou STOP ne bouge pas j ai u 2 tes
collègue maintenant dit moi ou
je suis et ce que je fait cul-nu PUTAIN
répond Ne t'approche pas de moi
je n'hésiterais pas a tiré sur des
collègue qui sont à terre CALME
toi tu na rien a craindre bien au

contraire il y a 22 ans 1 autre produit
comme toi a u la même réaction on
étudie l'espèce humaine depuis la
fin de la 1 guerre mondial regarder
tous les produit en stock ce sont les
corps original ceux qui sont entrain de
pourrire ils y a celluis de ton frère aussie
sa copie et plus compliqué à reproduire
et comme tu connais les 3 autres
produit tes parent et celuis que
tu appelle DIALECTE(PLOUF Tu la u
PK heureusement que nous somme 4
EK BRAVO allor comment son le supplice
tu pal avec les nouveaux
pal 100/100 biodégradable
et facilement montable Hum
VOUS qu'être nul il et prés commence
ALLUMÉE l'écran de contrôle
on vient de rentrée 5 pour cent.Les barre
son prêtres et les attache son installé
La levée du corps peut commencer.
ON e ta 12 pourgent STOP ils va
commencé à se réveiller Attendu
qu'ils reprenne conscience et montré
lui l'intérieur de son corps vu pas
le supplice du pal.Cette super machine

qui recopie tous 1 corps humain
j'adore fait des expérience sur
des cobayes non volontaire
ça m'excite je te rappelle que
nous somme a la recherche de cobaye
parfait pour reconstruire notre
famille on na 12 cobayes en
congélation pour le moment on
na réussie que 3 expérience.Le cobaye
en mort cérébral et plus compliqué à
reproduit certe on a capturé son
grand.HUM bande d'enflure AH AH AH
vous être entrain de m'en paillé et
en plus mon frère qui est en mort
cérébral et la aussie j'ai entendu votre
conversation et je vous comprend on
a vécu la même chose vous avec
capturé mes parent pendant plus de
9 ans pourquoi avoir renvoyés les
doubles et en plus des double
honnête tous les autres que vous
avé renvoyé avant mes parent son
morts 1 semaines après(STOP) Arrete
on été pas au courant de cette info
1 série son mort en moin d'une semaine
.Nous avon encore les originaux mais tous

vient ce défaut.HUM retire 7 millimètre de la machine.Elle na pas fini de scanner Retirer 7 millimètre il doit rester en forme on na besoin d'info pour pouvoir réparé son p'tit frére et l'autre cobayes OK OK.

chapitre 15 ACCOUCHEMENT

Parfait je pense pour voir réparé celuis c'est impossible de faire revivre les mort exacte mais copies les corps et notre spécialité et transféré la conscience d'un malade ou d'un mort cérébrale et dans nos compétences. VU le résultat de vaux premières série je doutes de vaux compétence

(SILENCE)

Arrête il a raison on n'a pas fait de suivie correcte et on na perdu 259 ans de recherches .1 MINUTES vous avec plus de 110 ans.et allor j en ai vu des verte et des pas mure bref tien mert certe tunique PK tu peu m'aidé RK j ai besoin

de tous les donnée des 1 et 2 série
oui commandent

(PREND TON TEMPS MAIS DÉPÊCHE TOI)

les gars je vais faire mon tour de garde LK
c'est toi aprés ensuite PK et RK préparé les
simulateurs on quitte cette planète dans
30 minutes ET moi je vais devenir quoi
Tu mourra dans 3 jours et cette fois c'est
moi qui va s'occuper de cette chose a
tous ta l'heure(AIDEZ MOI s'il vous plaît
pour quelle motif lui obéissez lui il ne prend
aucun de vaux conseil a coeur ils ne
vaux rien(PAF)PK bordel il a raison je
te rappelle que j'ai besoin de lui en
vie RK emmène le en cellules maintenant
et procède au prélèvement urinaire
et sanguin PK vien avec moi.TIEN les
document des 1 et 2 série mercie
mais j'ai besoin de garder ce produit
t en vie ils faut absolument que tu
m'aidez ils nous reste que peu de
temps avant que

BOUM BOUM ROOOOOOF MERDE

bouclier activé 3 pourcents ne bouge pas et laisse moi réparer sa TROM ouf nous voila en hyper-espace allée je te ramène au labo allée rentre va t'allonger sur le lits je m'occupe de mes confrères et ensuit j'irais voir au poste de commandement les dégâts heureusement que les bracelet on survécut TROUF TROUF TROUF TROUF hum hum PUTAIN ils c'est passée quoi Le vaisseaux a subit 1 attaque et j'a i rentrée les cordonnée d'urgence le prisonnière va très bien lui mais le labo a besoin de révision je vais au poste de commandement voir les dégât vous resté au labo PK quand je serais arrivé au poste de commandement je te bip et va à la salle des machine LK je te laisse 5 heures pour remettre ton labo en état de fonctionnement allée vient la la lampe torche GRIN GRIN ok la les poste son bloque PK tu me reçois 5/5 combien ya t'ils de poste pour accéder au poste de commandement 2 ils ya pas d'autres portes ne me dit pas qu'elle son bloqué ci malheureusement je fonce a la salle des machine RK va au centre

de sécurité niveaux 3 LK pas de connerie
je revien vers toi et ne force pas trop
.AH AH AH pas maint AH AH CLIC
hein MAIS aide moi je suis entraind de
perdre les os ils faut que tu m'accroche
ET puis quoi encore aide-moi et tu restera
en vie Marché-conclu TIEN ils faut
que tu enfile ta bite dans le préservatif
et que tu me pénètre insit les bébés
pourront AH Décidément   que faut t'ils
pas faire pour rester en vie GRAP
ou la je suis déjà entraîneur de NON RETIRÉ LA
doucement vassie TU courage HOUIN HOUIN
c'est 1 fille RK et PK venez vite mercie tu
peu enlever le preservatif et t'asseoir
a côté de moi mais sache 1 chosse
que se il t'ARRÊTE ils la accouché
t'aurais préféré nous retrouvé morte
j'exige que ce produit reparte tous ils
vient le plus rapidement aucun
PROBLEMME vous être tous les
2 papa tenez votre promesse je vous
HUM prend le bébés J'arrête l'hémorragie
TROUF TROUF TROUF TROUF OUF BAF
hein reste eveillié putain HUM HUM HUM
TROUF TROUF TROUF TROUF HUM

wouha tu a réussie a me soigner
sans frais 1 coma je lui ai donné
1 baf A me voila rassuré je vais
dans le sarcophage me reposer 1 peu a tous ta l'heure

(Pendant ce temps là à la salle de commandement)

Hein mon dieux heureusement que j'ai u le
temps d'activer mon bouclier personnelle bon
ok les dégât sont élevé j'espère que les
d'autres sens sont sortis.

CHAPITRE 16 fuite et rapport séxuelle comme punition

GROUM allée beaux gosse adieux HOM
merde je l'ai renvoyé cul-nu Pas grave ta
ont a tenu notre promesse et on ne
la pas tué WOUHA tien 1 ce né rien
messieurs dames petit accident matérielle
on s'occupe de vous offrir 1 dédommagement
immediatement.VA dans la cuisine vite A ils
dont gardé que 3 heures OUI j' ai aidé 1 demes
preneur d'otage a accouché et ils m'ont

renvoyé tout simplement il étais pas très sympa au début mais a la fin ils m'ont renvoyé cul-cu dans la salle de récéption devant pleins de clients.Parfait ils t'on pas gardé c'est la bonne chose DIALETE et en pause dodo OK je vais le rejoindre pas contre il a fait 4 grisse aprés-ton enlèvement dont il est puni pour 1 bon moment OK il vous teste il a reçu 1 suppositoire et 2 fois il devient incontrôlable .Je vois a ce soir génial je vais devoir fait le teste DIALETE va avoir mal mai je dois savoir Ici ils m'ont rendu stérile.

HUM HUM HUM MAMAME MAMAME HE

ben alor c'est quoi cette comédie hein allée bien la voila je m'absenter 3 heures et du fait que des bêtise MAMA MAMA serre-mo i allée serre-moi aller debout voilà lève les cuisse TRAC TRAC la couche a la poubelle 2 lingette 1 pour le visage arrête de pleurer Mais j'ai mal allée a 4 patte écarte bien les cuisse hop AH chut chut j'enlève ma main tu respire profondément ok fait 1 signe de tête parfait tu reste tranquille 1 fois que

j'aurai fini tu de retourner ouvre grand ta bouche pas de cris et après t'aura ta créme anti-brûlure HOP HOP HOP allée retourne toi ouvre grand la bouche PLOUFFE voila ferme la bouche aval en plusieurs fois prend ton temps mais dépêche-toi retourne toi que je mais la crème-anti-brûlure
SNIF SNIF SNIF
Allée bien voilà la crème et mi partout
tu reste allongé le temps que ça fasse effet
je sais normalement je te remmert 1 courche
mais pas ce soir tu reste cul-nu ma crevette
té au courant (SNIF) non après-demain tu va
a la piscine avec moi (MAIS)et oui mon chérie
ce que je t'ai fait s'appelle 1 rapport séxuelle non
protège et grace a toi je peut enfin être tranquille
et toi tu vas peut-être devenir tonton
(HUM HUM HUM) allez dodo.

chapitre 17 portivy

Allée debout dialete oui on est enfin arrivé
bon on fait 1 tours de la grande maison
d'abord tien prend le sac des pièces de
remplacement allée on iva Allor voyon
ok pas moi 4 assiette mercie et 48

couverts voila tien mert l'ancienne vaisselle dans le sac à changé maintenant direction la salle de bain a l'étage alor ou la pass moi les nouvelles serviette et baignoire voici les ancien parfait ta bien rangé l'ancien matérielle allée tien ou la attend je vais changer ta couche au moin c'est fait HOP et voila aujourd'hui les couches c'est fini la journée tu sais je suis au courant pour les nuits ou tu va au toilette les couches sec ça ne sert a rien de les remettre dans le sac de couche propre Bon allée discrétion les chambres.Bon la on change tous la literie les draps les oreillers et les protege-matela inist que les 2 grande matela non on ne dort pas ici cette nuit c'est dans la caravane sans permie et demain soir retour à l'auberge et l'hôtel hein oui demain je vais faires les papiers avec les voisin et surtout avec jean-jacque .NON toi tu sera derrière dans la p'tit maison a faire le grand ménage intérieur et extérieur oui je m'occupe de tous À voile jean-jacque HEllo ou la 1 p'tit nouveaux je te pressent DIALETE il et la en renfort afin de terminer avant demain soir 18 heures Tien voila les papiers j'ai récupéré la porchette et sa c'est pour toi voila Hooo NON chez toi tu l'ouvre faut rien faire tomber c'est fragile ENCORE 1 figurine fragile allée je retourne préparer les repas mour mes p'tit enfanfs ils parte demain après-midi ok nous 2 demain soir avant 17h30 enfin si ça arrive a partire toujour la même histoire avec cette caravane NON cette fois c'est la voiture ILS faut vraiment que je remplace cette VOLKSWAGEN Coccinelle 1200 - 1962 elle a biento 121 ans mais elle roule encore trop bien c'était la voiture de JOSEPH PALAUD non je pense que vais la gardé promie je te la vend et a personne d'autres BON allez a plus

.LENDEMAIN

allée tien voila tous les produit tous et prés a tous ta l'heure HELLO BONJOUR Joëlle Danielle alor voila les document et les cadeaux A Non je vous laisse et AH tenez je vien de m' en souvenir j'aime pas oublié les dettes et je dois allée voir Dominique pour lui rendre les 420 euros dans 2 ans ou dans 6 mois.

CHAPITRE 18 DOMINIQUE

Allée DIALETE on n'iva voilà c'est parfait attend je coupe l'eau et l'électricité voilà c'est coupé on va d'abord chez Bonjour Dominique allor les PALAUD toujour au taf OUI mercie DIALETE je te préssent Dominique il et 1 peu blanc .HUM 1 peu la plage va lui faire du bien allée on n'y va a dans 6 mois ou 2 ans OK

(ARRIVÉE SUR LA PLAGE DU FOZO)

Allée a l'eau reste habillé tu peu y aller comme ça de toutes façons ta pas le choux j'ai pas de crème solaire sur moi allez fonce HEIN ou la ta 1 peu de température, bon je te porte HOU elle est froide.

chapitre 19 sortie hôpital

Putain c'est quoi ce bordel il et brulant
dircrestion l'hopital merde c'est la ou
Bastien et dcd tan pis ya pas le choix
bonsoir BONSOIR ou la DR LECLERC
mercie HUM venez allongé le merde
CODE BLEU emmenez le au bloc mr
ALLÉE en salle de réveils

(10 heures plus tard)

MR PALAUD oui il et sortie
d'affaire mais il a pas le droi
t d'allée dans 1 piscine ou dans la
mer pendant au moin 2 ans il A fait
1 peritonique doublé COMMENT SA
2 APPENDICITE il a u que de la fièvre
pourtant être vous sûr ils a pas mal de
cicatrice au niveaux des intestinal des
opération chirurgical il est eunuque PARDO
N il na plus les glandes de reproduction
dont je conclu que vous étre pas le père
Non je l'ai adopté ils ya 7 MOIS il a été
trouvé sur 1 scène de crime il a été trouvé
en très mauvais état il était dans le coma niveaux
4 le
DR VANNEAUX celles de mon village vais

prédit qu'ils ne survivrais pas plus de 3 jours mais il et encore la JE vois
bon vous pourrez venir le récupérer dans 4 semaines il
et avec des patien de son agés a dans 4 semaines PAS de visite il et pas en forme
la moindre visite pourrait lui être fatal
dans 4 semaines.

(4 semaines plus tard)

BONJOUR DR bon voila
la liste des médicalement pendant 2 mois non je plaisant bon il est près à sortie voilà les facture et les mini dose d'antidouleur.Je vais payés les frais Bonjour ça fera 759 euros PAYPAL ou carte bleu Vous pour vé envoyés a cette adresse paypal OUI merci aurevoir allor c'est en paypal sa va super DRING c'est bon c'est envoyé heureusement que tous ce pays en paypal maintenant ça va plus vite OUI a l'époque ça prenait beaucoup plus de temps enfin l'évolution et aussie bien ALLÉE vien la mon ange ou la ta perdu pas mal de kilo s hin oui on n'y va non tu ne rentre pas avec moi je retourne à l'auberge et papy mamie et Toi

direction la maison bord de mer non on
et entré en automne donc pas de bronzage sur
les plage allée a dans 1 mois ma p'tit crevette
rose amant je te les laisse tenir les clés du
minibus.

chapitre 20 entreprise PALAUD et rdv glacial

BON me voilà dans les archive pour le grand trie
PUTAIN heureussemment que c'est tous les
15 ans la dernières fois Bastien venais
d'avoir 5 ans sa passe tro vite 1955 A
1970 a vous de passé au trieintensife BON 3
poubelle les plus vieux POUBELLE 1 les
moyen POUBELLE 2 les récent POUBELLE 3
nouveaux dossier photo de 1955 à 1970
avec les identité non les arbres à la poubelle 1
PLOUF
j' ai pas fini de faire du tri moi la dans.
DRING DRING allo MR PALAUD qui é a
l'appareils
MAÎTRE ROGEON je vous informe que
marguerite LE RET et décédé des suite d'un
accident de voiture elle ne vous laisse pas
d'héritage mais vous avez rdv avec ces 4 filles
après-demain a 15h je vous envois 1 mails

avec tous les document à l'intérieur et le lieu de rdv MERCIE MAÎTRE AU REVOIR
.Bonjour toutes mes condoléance OK pas très bavard
MR PALAUD je suis martine la 1 fille de Marguerite et voisine ma cousine Julie fille de Angèle
LE RET décédé aussie on regret que nos parent n'ont pas été très proche dans les momen t les plus difficile et on espère qu'on va pour voir rattrapé le temps perdu NON je suis la par politesse rien de plus je n'ais pas pour le moment beaucoup de temps à vous consacrer r j'ai beaucoup de taf et des salarié a remplacé et surveillé malheureusement très peu de temps libre et depuis le décès de mon p'tit frère je n'arrive pas a avoir 1 vie posé et je dois m'occuper de mon fils adoptif dont pas mal de taf.Je comprend qu'il mérite d'être là aujourd'hui.

chapitre 21   panne et RÉPARATION du serveur et contrôle sanitaire

MERDE ya rien aujord;huit pas de serveux faut que j envois 1 message évidemment rien ne fonctionne peut-être mon PC perssonnelle le vieux allée HIM BON merde bon odeux grame putain de d'alimmentation heureusement que j'en ai acheté 1 autres voila le site SOS serveur hs besoin intervention urgent Voila pour vu qu'ils envers quelqu'un en urgence là ça urge bon on continu bien sur pas de serveur donc pas de connection forcément heureusement qu'ils ya plusieurs pc fixe dans les 2 bâtiment allée on prend les réservation à partir de ce pc je vais télécharger les procédure de hier afin de ne pas me tromper et de ne pas prendre les mauvaise chambre aucune arrivée aujourd'hui tant mieux je vais pour voir continuer a remplire l'auberge et l'hôtel heureusement que 15/ pour cent de l'hôtel son loué au mois sinon j'aurai fait faillit y a longtemps

.(3 jours plus tard

)BONJOUR MR PALAUD je vien pour le serveur BIEN allon ci bon je vais devoir vous changé tous le serveur vous allez être bloqué pendant qu'elle que jours OK

je vais faires a l'ancienne ça devrait faire l'affaire
Bonjour J ai 1 colls pour mr PALAUD
oui signé la mercie génial ils vien enfin
d'arrivée youpi allée discrétion la
piscine pour la grande réparation
PLOUF ok allée je suis parti pour au
moin 4 heures de réparation putain de
piscine solaire plus souvent en panne
que en fonction la jois des
nouvelle piscine pour mineur.mercie l'évolution
MR PALAUD ya quelqu'un OUI OUI je
suis la que puis je pour vous Contrôle sanitaire OK
je suis à vous dans 5 seconde le temps de
coupé l'eau et l'électricité de la piscine Je
vois que votre installation électrique et organisé
de façon militaire c'est très rare de nos
jours OUI mon p'tit frère était maniaque au moin
pour les réparation c'est facile de se
retrouvé MR PALAUD votre établissement n'a pas
de
chambre froid On ne fait pas de restauration
dont aucun intérêt d'avoir 1 chambre froid dans
aucun des 2 établissement d'ailleurs sa
ne rapport pas assez ça goûte plus que
sa rapporte vu le peu de clients Combien
de salarié et de saisonnier avec vous aucun que

des bénévoles que j'ai envoyés en vacance
forcé pour cause d'épidémie de gastro 1 de no
clients l'avais et depuis 4 jours le serveux
et en panne dont je répare le matérielle et j'étais
entraîneur de réparer la piscine pour mineur
lorsque vous être rentré sans y être accompagnée
pas 1 bénévole(OUI) Question de sécurité
j'aurais aimé même si la gendarmerie vous
accompagne l'accident bête peu arrivé
Tous ta fait mais ça fait partie de ONt a trouvé
pas mal de saleté dans
CHAMBRE 14 15 17 et 18 elles
son fermé au public merci de lire les
annonce et les pançard mie sur les
portes et les mur OUI comment êtes vous rentré
elles
son fermé a clés et j'ai les seuils clés
J'ai 1 troque serrure au cas ou Vous avéc 1
salarié sur votre serveur.NON
c'est le réparateurs qui vient tous
remplacé c'est confirmé.Bien
MR PALAUD control terminé mercie de
nous avoir accompagné et reçu on repassera
dans 7 jours accompagné des gendarme
pour savoir si vous avez bien avancé dans
vaux travaux a dans 7 jours MR PALAUD.

chapitre 22 réparation et visite

OUF satané piscine bon le panneaux éléctrique maintenant
et les prise de branchement a contrôlé et l'ajouter
des multi-prise qu'elle bordel en
plus ils ya les chambre a désinfecté bon les bénévols
revienne dans 3 semaines j'ai intérêt à me
bougé le cul mon père va se foutre de ma gueule en
rentrant je suis cul-nu a tout réparé
les machines à laver les micro-piscine et les pc de
l'auberge heureusement que l'hôtel et
fermé pour cause de panne informatique seuils les résident à l'année i on access
heureusement qu'ils sont pressent au moin
ils y a 3500 euros qui tombe tous les mois petit
compensation financier qu'elle belle idée a u
Bastien a cette époque heureusement que
c'est pas déclaré intégralement sinon je suis cuir
.(LENDEMAIN

)Bonjour SEB Tient Gabrielle
.Caroline et Nicolas je suis fermé

panne informatique et problème
de personnelle JUstement
on voulais savoir si notre p'tit frère
avait postulé chez toi NON pas du tout bien nos
neveux on travaillié ici.Sa ne vous
regard pas ceux qui font de leurs vie les regarde
moi je
les ai pas vu et puis ça ne me
concerne pas après tout ils
son libre de leurs mouvement
et c'est pas la peine de venir jouer
les inspecteurs d'autres personne son passé
mais des vrais et puis je né pas de
contre à vous rendre vous étre méme pas venus
j'ai pas
reçus vaux cartes de condoléance
c'est pas la peine de dire que vous les avez
envoyés ce né
pas vrais TOUS ta fait Mercie de tes infos a plus

.(20 MINUTES PLUS TARD)

Et merde encore des vis putain ils a fallu qu'ils
en mais la allor que je lui avais dit à Bastien
que ces tableau 1 jours ou l'autre faudra
les enlevé pour faires les peinture et les

papiers peint A A A A bon aller tous les tableau dans le grenier les peinture aussie et les poterie de décoration aussie mon dieux heureusement qu'ils et dcd ils m'aurait cassé la gueuls il toi bien se foutre de ma geuls la ou il et BON allée ils faut aussie que je prépare la nouvelle chambre de dialete et aussie que j'installe les nouveaux sommiers et matelas dans les future chambre et aussie installé dès serrure manuelle

il ma cassé les sérrure l'autre incompéten avec les contrôleurs sanitaire bon les vieux meuble

cette fois direction la poubelle

pas la peine le lit et les armoires vous resté encore

pendant 30 ans les mini range merde poubelle ça ne tient pas du tout.

chapitre 23 terminé

a revoilà mes parent et DIALETE bon aller faut vraiment

que je fini les travaux des dernière chambre heureusement que les papiers paint on évolué et qu'ils sont auto-adhésif il son beaucour

plus facile à installer et a déplié bon la 1
chambre enfin terminé pour la 2 chambre A
oui l'armoire 1 vient la ma grande toi je te place ic
i avec les nouveau range merde
le sommier et les matelas allée voilà ça rentre pile
poil rien ne dépasse tous et rentrée
plus ca mettre l'équipement de sécurité intérieure
et extérieur voila voila plus que la
3 chambre et j'ai terminé pour la matinée SEB oui
je suis
au le tél DRING allo je suis au 4 étage ok
on monte.Non allée faire le 3 étage ok on monte
au 3 étage Parfait ils font bosser je vais
enfin pour voir fini le 4 étage tient les contrôleurs
on pas pointé le bout de leurs nez
tant mieux je vais pour voir maintenant me
concentrer sur
l'hôtel et les laisser s'occuper de
l'auberge heureusement que les grosse panne
arrive
quand je suis tout seuils qu'elle borde
l d'avoir des salarié à temps complet je comprend
aujourd'hui Bastien ils avaient raison mais
j'avais raison pour les bénévol au moin il ya 1
égalité la seuil hOOOO Bastien ci tu étais encore
la.

(2 HEURES PLUS TARD CIMETIÈRE
ST-PIERRE-QUIBERON 56510

) HUM HUM BASTIEN ils ya que toi qui ai toujours pas réapparu j'ai aujourd'hui très peu de n'être plus que 1 souvenir tu me manque tellement j'arrive pas a fait tout ce que tu a fait de ton vivant gérés les alcoolisme renvoyé les clients violent négocier pour les réparation des branleurs du quartier tu étais toujours là malgrès no nombreuse disputes et soufflant intense dans l'auberge ta raison être père et plus compliqué depuis que tu et partie j'espérais te retrouver mais j'ai aujourd'hui peu HUM bon faut que je retourne travailler à plus tard BASTIEN.

chapitre 24 verite

SEB je peu de parle voila pour tes coussin et ta coussine.JE suis déja au courant ils sont venus après ta disparition raconté 1
tonne de connerie ils sont revenu 1 dizaines de fois les rares fois c'est le

voisin qui prenait
des notes avec Bastien mais je né plus de contact avec eu depuis plus de 11 ans dont méme ci ils sont dcd je ne saurais même pas au courant 1 chose et sur l'orque j'ai mie l'urne de Bastien au cimmettiér le tombeaux n'avais pas encore été rouvert dont je pense qu'ils sont bien encore en vie mais je m'en fous a bientôt 18 ans j'ai plus envie de me prendre la tête j'ai les 3 société PALAUD a m'occuper et puis j'ai vou s 3 a surveillé HA les contrôleurs sanitaire doive repasser dans la semaines mais rien de grave la routine avec eux de toutes façon il ya toujours des problème avec les contrôleurs sanitaires.OK

chapitre 25 mise a jours financières

bon les gars aujourd'hui MYLAINE et sur l'hôtel toutes la journée MR palaud je vous demanderais d'aller aidé MYLAINE a partie de 8h10 et je m'occupe de DIALECTE les saisonnières on vous laisse s'occupe des chambres et des piscine et surtout

des jacousie .Bon aller si vous
avec tous des cartes des nombreux
système a OK OK je vous laisse BON
maintenant qui sont tous au boulot je vais pour voir
m'occuper des papiers a faire et des
commande de produit a remplacé mon dieux
la matinée va être long BON voyant ok
l'hôtel et pleins jusqu'à la mie septembre
dont aucun problème pour se coté la
niveaux finance MERDE j'ai pas rentrée les
dernières coordonnée allés SEB faut le
fait et a 16h il faut donné les devoir
a DIALECTE j'espère qu'ils ne fera pas
trop de comédie surtout il va être super
fatigué allée 7 jours de comptabilité la rentrée
avant le 1 août 2014

(6 heures plus tard)

allée la dernière voila je suis enfin à jours et super
en retard pour les devoir de DIALECTE
non j'arrête les pc pro voila enfin fini les devoir
avec moi A déjà la allée vient la bon ce
soir c'est uniquement les maths rien d'autres je
sais la
maitresse ne va pas être contente mais

tu ne peu pas partie en vacance comme les autres
enfants c'est pas possible j' ai trop besoin de s'avoir prés de moi OUI ta envie de partie a la montagne hein DIALECTE mais c'est pas possible pour cette hiver peut-être l'année prochaine si tu continu des effort à l'école et que tu écoute papy et mamie et oui je suis Au courant de tes dernières bêtises, tiens toi tranquille.

chapitre 26 pas de prime

YOP les gars j'ai 2 mauvais nouvelle ils y'aura pas de prime hivernal et pas de fermeture pour décembre donc cette année pas de 13 mois mais ça peut changer en fonction de l'épidémie mondial que l'on traverse j'accepte les lettre de démission si vous avez envie de quitter la boîte je ne vous retient pas sa fait pour au moin 3 d'entre vous 5 ans d'ancienneté merci de m'avoir écouté vous pour vé retournez à vos potes 5 heures plus tard TOC patron OUI je suis sincèrement désolé mais j'ai trouvé 1 maison dans 1 autre région et je vais être père pour la 4 fois mais je dois changé de région AUCUN problème je suis déjà au courant Ta mère m'a envoyés par mails la bonne nouvelles tu et le dernier enfant de gwenaelle audit et malgré toutes les épreuves que tu a traversées tu a réussi a fondé 1 super famille je suis au courant depuis vendred i j'accepte ta démission tu peu y aller la La prochaine fois va droit au but tu gagneras du temps précieux.

CHAPITRE 27 voyage et congé grand patron

TIEN commissaire et MARIE-THÉRÈSE alor comment ça va la retraite MAL on souhaite passé 1 nuit dans ton hotel afin de nous changer les idée Aucun problème alor la chambre 251 avec vu sur la piscine voilà la clé MON PETIT fils paiera en paypal OK bon séjour.

(3 heures plus tard)

BONSOIR je vien payé la chambre de mes grand-parent c'est combien 450 euros voila l'adresse mails MERCIE tu ne me reconnais pas si HUGO mais la je suis a fond dans le ta f A c'est bon paiement accepte OK a plus tard

.(4 jours plus tard)

Alor comment c'est passé ces 4 derniers jours d'octobre trés mal je comprend pourquoi tu ne prend que 4 jours de vacance tous les 8 mois par année.Hélas j'aurai surement pas le temps de me reproduire avant mes 40 ans Je confirme mais on pourrais te remplace.NON maman non papa c'est a moi de gérer ma vie professionnelle et privée insict que mes salarié et bénévolat vous s'étre tous sur mon commandement je ferais le plus d'effort possible peu 1 porte ce que vous direz c'est encore
moi le grand patron dans ces entreprise familiale PALAUD personne d'autres hormie moi bien entendu allée retourné au travaille l'argent ne rentrera pas seuils ou pas magie je pars en formation la semaine prochaine mon remplaçant restera 2 semaines avec vous et si je dcd ce sera MR PAILLETTE qui me remplacera ALLÉE au travail.

chapitre 28 malaise

VITE on a besoin du défibrillateur GOUM
GOUM c'est bon il est revenu c'est bizarre
préparé le scanner on le passe au bloc ensuites

.(2 heures plus tard)

C'est quoi merde encore 1 il a
les même symptôme on fait
.TRANSFÉRER le dircrestion BOUSSY SAINT
ANTOINE
dans le (94) QU'ELLE service celuis
du DR COUTURIER BRIGITTE elle a
beaucours de cas comme celuis sauf que ces des
mineurs il et adultes elle aura besoin
peut-être d 1 solution d'urgence pour les
organes vitaux préparé le transfert
dans les plus brefs délais.

chapitre 29 décision lourd

DR COUTURIER 1 nouveaux cas mais

cette fois c'est 1 adultes les sympthome son identité PARFAIT ma théorie vient de tombé à l'eau je dois absolument trouver 1 moyen d'arrêter cette saloperie montrez-moi les radio ok commencé les teste prioritaire sur ce partien on doit avoir des résultat négatif ces parent sont le parfait mr madame ou le beaux p'tit garçon bien ALLOR votre fils a tes symptome beaucours plus avancé que les autres parties je pense qu'ils vaudrait mieux attendre 2 semaines pour voir si son état va empirer ou pas AVEZ vous besoin de sangs peut-être pour détecter la maladie chez son fils adoptif bonne idée Françoise et Saria vous pouvez prendre 1 peu de sang a ce p'tit voyous(HEU) il porte des couches IL a 1 peu bleu des hôpitaux dont sa lui arrive de tout lâcher dont les couches par précaution Excellent idée ATTENTION tu va avoir 1 peu mal ça coule et ça va assez vite.

chapitre 30 disparition

DR Couturier le partien et plus la

il était en état de mort cérébral hier
soir après 1 avc il était là on ne la
pas déplacé Comment 1 partie
peu disparaître retrouvé le vite bon
sang les caméra on rien vu Elles
son complétement hs comme ci
quelqu'un avais fait 1 cambriolage
on va mettre 2 jours a remmert tous
en éta MERDE MERDE.

chapitre 31 renvois le

LK tu ne dois absolument pas le gardé je sais i
compte beaucoup pour toi (MAIS) Baf réveils toi
celuis
que tu a connu et mort renvois le
ou tu t'en fous si tu l'aime laisse le partir
RK putain IL a tous a fait raison sois tu le fait ou je
le renvois DR tu ne peu pas le
soigner il lui on retiré trop de
cerveaux laisse le mourir TU a
prélevé des échantillon sur le
DR MOULES et sur sa soeur
le DR COUTURIER ont à
les clowne qui sont bientôt prés
(STOP) GROOM Parfait ta fai

t le bon choix NON j'ai décidé
de fait des clowns de lui aussi
mais en 8 versions diffèrent de 8 prototypes
différents.

CHAPITRE 32 suicide

GROOM dr COUTURIER le corps on la retrouvé
ils
et dans la lingerie MAIS que c'est t'ils passé)
Ça va aller vous s'étre a l'hôpital
on s'occupe de vous

(2 semaines plus tard)

Ou AAAAAAAAAAH que se pas MERDE
MERDE il et mort comment a t'il pu ouvrire
la fenêtre sans le mot de pass il a tu le retenir
MR et MADAME PALAUD nous vous
présentant toutes nos condoléances pour votre
fils.

composition de couverture COUDRIN

DÉPOT LÉGAL 07 OCTOBRE 2022

www.ingramcontent.com/pod-product-compliance
Lightning Source LLC
LaVergne TN
LVHW020044170826
845678LV00001B/421
* 9 7 8 2 4 9 4 4 5 1 0 2 5 *